Cinco razones por las que te encantará Isadora Moon:

¡Conocerás a la vamp-tástica
y encant-hadora Isadora!

Su peluche, Pinky, ¡ha cobrado vida
por arte de magia!

Escuela de hadas o escuela de vampiros:
¿cuál elegirías tú?

¡Tiene una familia muy loca!

Te hechizarán sus ilustraciones
en rosa y negro

Si tuvieras que elegir, ¿preferirías ser un hada o un vampiro?

Yo sería un hada, para ir revoloteando a todas partes.
(Frankie)

Las hadas son mejores porque comen un montón de pasteles rosas.
(Ruby)

¡Vampiro! Porque puedes estar despierto toda la noche y nadie te manda ir a la cama.
(Sam)

A mí me gustaría ser un vampiro como el papá de Isadora, porque comen cosas rojas como los tomates y las fresas.
(Harriet)

Yo sería un vampiro, porque son terroríficos...
(Oliver)

¡A mí me gustan las hadas porque son mágicas!
(Antonia)

Papel certificado por el Forest Stewardship Council®

MIXTO
Papel procedente de
fuentes responsables
FSC
www.fsc.org   FSC® C117695

¡Para vampiros, hadas y humanos de todo el mundo!
Y para Sarah, mi encantadora suegra.

Primera edición: febrero de 2017
Vigesimoprimera reimpresión: diciembre de 2020
Título original: *Isadora Moon Goes to School*

Publicado originalmente en inglés en 2016.
Edición en castellano publicada por acuerdo con Oxford University Press.
© 2016, Harriet Muncaster
© 2016, Harriet Muncaster, por las ilustraciones
© 2017, Penguin Random House Grupo Editorial, S.A.U.
Travessera de Gràcia, 47-49. 08021 Barcelona
© 2017, Vanesa Pérez-Sauquillo, por la traducción

Printed in Spain – Impreso en España

ISBN: 978-84-204-8518-8
Depósito legal: B-22.667-2016

Compuesto por Javier Barbado

Impreso en Limpergraf
Barberà del Vallès (Barcelona)

AL 8 5 1 8 8

Penguin
Random House
Grupo Editorial

va al colegio

Harriet Muncaster

Traducción de Vanesa Pérez-Sauquillo

ALFAGUARA

Capítulo
UNO

Isadora Moon: ¡esa soy yo! Mi conejo
Pinky y yo nos divertimos mucho juntos.

Mi madre es la condesa Cordelia Moon. Es un hada. ¡Sí, en serio! Le gusta cuidar el jardín, nadar en los riachuelos salvajes, hacer hogueras mágicas y dormir al aire libre, bajo las estrellas.

Mi padre es el conde Bartolomeo Moon. Es un vampiro. ¡Sí, en serio! Le gusta estar despierto por las noches, comer solo cosas rojas (tomates… *¡PUAJ!*), contemplar el cielo nocturno con su telescopio especial y volar bajo la luna llena.

También está mi hermanita, el bebé Flor de Miel. Es mitad hada, mitad vampiro, ¡como yo! Le gusta dormir a todas horas, decir *gugú* y beber leche rosa.

Mi conejo Pinky y yo lo hacemos todo juntos. Era mi peluche favorito, así que mamá le dio vida con su magia.

¡Y esta es nuestra casa! Mi habitación es esa de ahí, en lo alto de la torre más alta. Se ve la ciudad entera desde mi ventana. A Pinky no le dejamos casi nunca que se asome, porque le gusta demasiado saltar de los sitios.

Cree que puede volar, como yo.

Pero no puede.

Todas las mañanas miro como los niños humanos van andando al colegio por la calle. Llevan unos uniformes muy graciosos, con corbatas de rayas.

Y aunque parece que los niños
son muy simpáticos… y que se lo están
pasando muy bien… me alegro de ser
un hada vampiro, porque las hadas
vampiros no tienen que ir al colegio.

O eso es lo que yo pensaba…

Ayer por la tarde, estaba ensayando
mis piruetas en el aire frente a la ventana
de mi cuarto, cuando papá me llamó desde
la planta baja.

—¡Isadora! ¡Es la hora de desayunar!
—dijo.

Papá siempre desayuna a las ocho de la
noche porque duerme durante el día. Mamá
toma su desayuno por la mañana. Por eso, yo
normalmente tomo dos desayunos. No me

importa, porque las tostadas con mantequilla de cacahuete son mi comida favorita.

Papá estaba sentado a la mesa bebiendo su batido rojo superespecial. A mí me parece asqueroso. No me gusta la comida roja, y menos todavía los tomates. Sé que el batido rojo superespecial de papá los lleva.

—Algún día lo disfrutarás, como un buen vampiro —me dice siempre—. A todos los vampiros les encanta la comida roja.

Pero yo sé que a mí no me encantará. Al fin y al cabo, solo soy mitad vampiro.

Mamá también estaba allí, abriendo las ventanas de la cocina para que entrara el aire fresco y poniendo un montón de flores en jarrones. Tenemos catorce floreros en la

cocina. ¡Y un árbol en mitad del suelo!
A mamá es que le encanta meter dentro
de casa todo lo que es de fuera.

Flor de Miel estaba lloriqueando en
su trona porque se le había caído el
biberón al suelo. Se lo recogí y lo rellené
con más leche rosa. Ella también odia el
batido rojo, como yo.

Papá dijo:

—Isadora, ya ha llegado el momento
de que empieces a ir al colegio.

—Pero papá —repuse—, soy un hada
vampiro. No necesito ir al colegio.

—Hasta las hadas tienen que ir al
colegio —dijo mamá.

—¡Y los vampiros! —añadió papá.

—Pero yo NO QUIERO ir al
colegio —dije—. Llevo una vida perfecta
y completamente ocupada aquí en casa
con Pinky.

—Pero el colegio te gustaría
—insistió papá—. A mí me encantaba mi
escuela de vampiros cuando era jovencito.

—¡Y yo adoraba mi escuela de hadas!
—dijo mamá, mientras echaba en su
cuenco una cucharada de yogur de néctar
de flores.

—¡Te lo vas a pasar de maravilla!
—ambos sonrieron.

Yo no estaba tan segura.

—Pero no soy solo hada —dije—.
Y tampoco solo vampiro. Así que… ¿a qué

escuela iría? ¿Hay alguna escuela especial para hadas vampiros? ¿Hay un colegio para mí?

—Pues… no —respondió mamá—. No exactamente.

—Tu caso es muy raro —dijo papá, sorbiendo su batido con una pajita.

—¡Muy especial! —añadió mamá rápidamente—. Yo creo que encajarías a la perfección en la escuela de hadas.

—Pero claro, tal vez te guste más la escuela de vampiros —se apresuró a decir papá—. Es mucho más emocionante.

—¿Ah, sí? —preguntó mamá, como si no estuviera nada de acuerdo—. ¿Qué te parece si dejamos que sea Isadora la que lo decida?

Pinky, contento con la idea, se puso a dar saltos.

—Isadora puede pasar un día en la escuela de hadas y una noche en la de vampiros y decidir cuál le gusta más —dijo mamá.

—Pero… —empecé a decir.

—¡Qué idea más fantástica! —exclamó papá.

—Bueno… vale —dije en voz baja.

De pronto, dejó de gustarme el desayuno. Agarré la pata de Pinky y subí lentamente las escaleras hasta mi habitación, dándole vueltas a la cabeza por el camino.

—¿A qué colegio te gustaría ir, Pinky? —le pregunté—. ¿De vampiros o de hadas?

No dijo nada porque no puede hablar, pero levantó la mirada hacia mí con sus pequeños ojos negros y dio un saltito.

—¡Un colegio de conejos! —respondí—. ¡No creo que eso exista!

Cuando llegamos a mi cuarto, organicé una pequeña merienda con mi juego de té especial de murciélagos. Hacer meriendas siempre me ayuda a pensar mejor. No teníamos té de verdad, así que en su lugar echamos brillantina en las tazas y Pinky se manchó todo el hocico.

—Tendrás que portarte con más
corrección cuando estemos en el colegio
—le dije—. Sé que son muy estrictos con
los modales en la escuela de vampiros.

Pinky parecía un poco avergonzado,
así que le di una palmadita en la cabeza
y le quité la brillantina del hocico.

—No importa —dije—. Siempre podemos ir a la escuela de hadas. Creo que allí son un poco más salvajes.

A Pinky pareció gustarle la idea.

—Además —añadí—, seguro que comen más tartas en la escuela de hadas. ¡A lo mejor hasta tienen tarta de zanahoria!

Pinky se puso a dar saltos de la emoción. Aunque no puede comer de verdad, le gusta hacer como que come. La tarta de zanahoria es su plato favorito.

Me levanté y
sacudí la brillantina
de mi vestido.

—¡Ay, no sé...!
—me lamenté—. ¡No
sé si soy más hada o más
vampiro! Me encanta la magia, la luz
del sol y bailar alrededor del fuego, pero
también me encanta la oscuridad de la
noche, y volar bajo la luna y las estrellas.
Es MUY DIFÍCIL. ¡No sé lo que soy ni
tampoco cuál de las dos escuelas elegir!

Pinky se encogió de hombros y se
quedó mirándome. Lo tomé en brazos
y fuimos a la ventana de mi torre. El cielo
relucía, todo lleno de estrellas. Sabía que

papá estaría en ese momento en la torrecilla más alta después de la mía, contemplándolas con su telescopio de astrónomo.

—Son todas diferentes, ¿sabes? —le dije a Pinky—. Cada estrella es única. Pero todas parecen iguales desde aquí abajo.

Pinky asintió sabiamente, aunque pude ver que tenía la cabeza en otras cosas.

Estaba pensando en saltar por la ventana.

Agarré su pata blanda y rosa, y nos subimos al alféizar.

—Venga —le dije—, vamos a volar un rato entre las estrellas antes de irnos a la cama.

★ ★ ★

Capítulo DOS

ESCUELA DE HADAS

Profesor: monsieur Pommelón.

Le gusta: la caligrafía clara, observar mariposas, acampar en la naturaleza y la magia.

9:00. Primera clase: movimientos de varita.

10:30. Recreo: leche de coco y pasteles ecológicos.

11:00. Segunda clase: ballet.

13:30. Comida: sopa de ranúnculos con tortitas de bellotas.

15:00. Tercera clase: coronas de flores.

17:00. Vuelta a casa.

Estaba un poco nerviosa la noche antes de ir a la escuela de hadas. Creo que Pinky también lo estaba. Siempre sé cuándo Pinky está nervioso o alterado porque no para quieto en toda la noche. Esa noche no paró de moverse y casi no pude pegar ojo.

Por eso estaba tan cansada al día siguiente cuando mamá vino a despertarme.

—¡Vamos, Isadora! ¡A levantarse! —dijo—. ¡Hay que ir a la escuela de hadas! ¡Seguro que te va a encantar…!

Me acompañó al piso de abajo para darme mi baño matutino.

En el estanque del jardín.

A mamá le encanta bañarse en el estanque, entre nenúfares, y cree que todos deberíamos hacer lo mismo.

—¡Unirte con la naturaleza te llena siempre de energía!

Personalmente prefiero cuando papá se encarga del baño. Es mucho menos… frío. Cuando es papá el que prepara el baño, apaga todas las luces y enciende muchas velas. Crea un ambiente muy poético. A veces hace sombras chinescas que bailan para mí por las paredes.

Ese es el baño que más me gusta.

★ ★ ★

La escuela de hadas estaba en la cima
de una colina cubierta de flores. Parecía un
cupcake gigante con ventanas y puertas.
La enorme guinda que brillaba en lo alto
soltaba nubes de brillantina.

—¿No te parece maravilloso? —dijo
mamá.

Después me dio un beso en la mejilla
y se fue revoloteando.

Me quedé mirando el colegio,
agarrando la pata de Pinky. Necesitaba que
le diera la mano porque todo era nuevo
y estaba un poco asustado.

Mi profesor se llamaba monsieur
Pommelón. Su pelo rosa parecía la crema
que recubre un pastel.

—¡Buenos días a todos! —dijo—.
¡Hoy vamos a aprender cómo se usa una
varita mágica!

Siempre he querido tener
mi propia varita. De pronto
me di cuenta de que la
escuela de hadas… ¡estaba
hecha para mí! Después de
todo, ¿quién no querría
tener una varita brillante
que cumpla deseos?

—Vamos a hacer que aparezcan
cosas maravillosas —dijo monsieur
Pommelón—. Lo único que tenéis que
hacer es sacudir la varita e imaginar.
¡Seguro que os sale a la perfección!

Le fue dando a cada alumno una resplandeciente varita de plata.

Todas las hadas empezaron a agitar a la vez las varitas en el aire. Comenzaron a aparecer cosas bonitas por la clase.

Gatitos, cuencos gigantes de helado, piruletas de rayas, torres de tarta de cumpleaños, limonada recién exprimida...

—¿Qué deseamos nosotros, Pinky? —le pregunté. Y Pinky se puso a dar saltos a mi lado.

—¡Tarta de zanahoria! —dije—. ¡Qué buena idea!

Me imaginé una enorme torre de tarta recubierta de un cremoso glaseado y decorada con pequeñas zanahorias de mazapán.

¡HOP! Sacudí mi varita.

Una zanahoria solitaria cayó por el aire y rodó por el suelo.

Fruncí el ceño.

—No es lo que me imaginaba —comenté.

Cerré los ojos y volví a pensar en la tarta. Podía verla con mucha claridad.

Sabía exactamente cómo tenía que ser. Tenía cinco capas y un conejito de mazapán en la última.

Sacudí la varita de nuevo.

¡HOP!

Tampoco apareció ninguna tarta. En
su lugar, la zanahoria empezó a crecer. Rodó
por el suelo haciéndose cada vez más grande.

—¡Vaya! —le dije a Pinky.

Busqué con la mirada a monsieur Pommelón, pero estaba ocupado probando un pastel en la otra punta de la sala.

¡Ahora la zanahoria era GIGANTE!

—¡Para de crecer! —le dije—. ¡Para!

Pero la zanahoria no paró. Siguió creciendo más y más, y más.

—¡Monsieur Pommelón! —grité. Pero no me oyó por el alboroto que estaban montando los alumnos, charlando emocionados.

Me quedé contemplando la zanahoria gigante. Algunas de las hadas que estaban más cerca se dieron cuenta. La señalaban y se reían.

¡Qué vergüenza!

Volví a apuntar apresuradamente a la zanahoria con mi varita. Hubo un ¡*HOP!* y una lluvia de chispas.

«¡Para de crecer!», pensé. «Conviértete en una buena tarta».

La zanahoria paró de crecer.

Pero no se convirtió en una buena tarta, sino que le crecieron un par de alas negras de murciélago y echó a volar.

¡¡¡MONSIEUR POMMELÓN!!!

Chillé.

Por fin se dio la vuelta. Justo a tiempo para ver cómo la zanahoria gigante

recorría la clase a gran velocidad,
chocándose contra las paredes y
destrozándolo todo a su paso. Tartas
y limonadas explotaban por todas partes,
salpicando las paredes y derramándose
por el suelo.

—¡PONEOS A CUBIERTO! —gritó
monsieur Pommelón, escondiéndose de
un rápido brinco bajo su mesa, delante
de la clase.

Las demás hadas siguieron su
ejemplo, lanzándose también bajo sus
pupitres.

Yo me agazapé bajo el mío, desde
donde escuchaba los golpes y estallidos
que había por encima de mi cabeza.

«¡Todo esto es culpa mía!», pensé
mientras buscaba la pata de Pinky para
agarrarla.

Pero la pata de Pinky no estaba allí.

Y tampoco Pinky.

¡¿Dónde estaba?!

Me asomé por debajo del pupitre
a través de la lluvia de limonada y la ducha
de migas de tarta. Sentía el corazón
encogido en el pecho. ¿Y si la zanahoria
lo había aplastado?

¡Pero entonces lo vi!

Estaba al otro lado de la habitación,
abriendo una de las ventanas grandes de
la clase.

«¡Qué conejo más listo!», me dije.

Al abrir la ventana, una brisa
fresca de verano entró flotando en la
habitación. La zanahoria se detuvo en el
aire. Hizo una pirueta. Después, apuntó
con la nariz hacia la ventana abierta y
se lanzó como un cohete hacia el cielo,
dejando a su paso una estela de migas de
tarta y piruletas.

Todo quedó en silencio durante un
segundo y nadie dijo nada.

Entonces, monsieur Pommelón salió
de debajo de su mesa y se alisó el traje.

—¡Vamos, clase! —dijo—. Salid de
debajo de vuestras mesas. ¡Hay que ver!
¡Esconderse bajo la mesa por una
zanahoria…! —después añadió—: Isadora,

me temo que no tienes la habilidad de las hadas para usar la varita.

«Bueno», pensé. «Quizá sea completamente un vampiro, después de todo».

La clase siguiente fue de ballet.

He ido a clases de ballet desde que tenía tres años, así que no me preocupaba ser un desastre en esta asignatura.

Fuimos a ponernos el tutú.

Me ENCANTA mi tutú de ballet. Después de Pinky, es lo que más me gusta del mundo. Es un tutú negro como la

medianoche, con estrellas plateadas
y brillantina oscura.

Me hace sentir MÁGICA y
MISTERIOSA.

A veces me lo pongo solo para
divertirme cuando estoy en casa.

Después de ponérmelo, me di cuenta
de que las demás hadas me estaban mirando
con cara rara. Y también monsieur
Pommelón.

—No puedes llevar eso —dijeron todas—. ¡Es negro!

—Pero me gusta el negro —repuse—. El negro es el color del cielo por la noche. El negro es un color mágico y misterioso. ¡Y mirad cómo brilla!

—Pero es negro —dijo monsieur Pommelón—. Las hadas llevan ropa de ballet rosa. Son las normas.

Tuve que cambiarme el tutú y ponerme uno hinchado y rosa. No era lo mismo. Descubrí que me tropezaba con el tutú rosa. Perdía los pasos y fui la peor de la clase. Ya no me sentía mágica y misteriosa.

—Vaya —le dije a Pinky—. A lo mejor soy más vampiro de lo que pensaba.

Para comer tuvimos sopa de ranúnculos y tortitas de bellotas.

—¡QUÉ RICO! —decían todas las hadas—. Nos ENCANTAN las tortitas de bellotas y la sopa de ranúnculos. ¡Saben a árboles y a flores!

Yo no tenía tan claro que quisiera que mi comida supiera a árboles y flores, pero con el hambre que tenía, me lo comí todo. No estaba tan mal.

Aunque no se podía ni comparar a una buena tostada de mantequilla de cacahuete.

La última clase del día fue la de hacer coronas de flores.

—Estamos llegando a la mitad del verano —dijo monsieur Pommelón—. Un acontecimiento muy importante en el calendario de las hadas. Vamos a ir al bosque mágico que hay detrás de la escuela ¡a buscar ramas y flores para hacer coronas! Nos las pondremos la semana que viene para bailar alrededor de la hoguera.

—¡Oooohhh! —exclamaron todas las hadas.

—Sí —asintió monsieur Pommelón—. Es una forma maravillosa de acercarnos a la naturaleza. ¡Venga! ¡A quitarse los zapatos!

Nos los quitamos y, siguiendo a monsieur Pommelón, salimos del colegio y entramos en el bosque mágico.

—Ya hemos llegado —dijo—. ¡Ahora a buscar!

Yo quería hacerlo muy bien, después del desastre de la clase de varita mágica y de la de ballet.

«Se van a enterar», pensé. «¡Haré la mejor corona que hayan visto nunca!». Empecé a recoger las flores más grandes y bonitas que pude encontrar. Luego las entrelacé con algunas hojas y ramitas. Pinky me miraba con aprobación.

—¡Faltan cinco minutos! —dijo monsieur Pommelón—. Después iré a ver lo que habéis hecho.

Me moría de ganas de ser la mejor. ¿Qué más podía poner?

Entonces
divisé unas setas
de colores
brillantes
formando un
círculo, no
muy lejos.

—¡Parecen
joyas! —le dije a
Pinky. Me apresuré
a coger algunas y las clavé en la
corona—. ¡Preciosa! Mira, Pinky. ¡Soy
la reina!

Pero cuando monsieur Pommelón
vio lo que había hecho no se puso nada
contento.

—¡Isadora Moon!
—dijo—. ¡Acabas de destrozar
un anillo de hadas sagrado!

Parpadeé.

—¿Es que nadie te ha
dicho… —continuó monsieur
Pommelón— que nunca, jamás, debes
coger setas de un anillo de hadas?
Además, son setas venenosas.

Bajé la mirada hacia mis manos y vi que estaban cubiertas de granitos rojos que escocían.

—¡Quítate esa corona inmediatamente! Será mejor que vayas a ponerte alguna pomada mágica de la enfermería de la escuela —ordenó monsieur Pommelón.

A toda prisa me quité la corona de la cabeza y la tiré al suelo. Sentía cómo los ojos se me llenaban de lágrimas.

—No lo sabía… —dije—. No lo sabía porque no soy un hada, ¡soy un vampiro!

Después me di la vuelta y eché a correr hacia el colegio. Me negué a decir ni una palabra hasta que mamá vino a recogerme a la salida.

—¿Qué tal te ha ido? —preguntó al verme—. ¿Te lo has pasado bien? ¿A que la escuela de hadas es absolutamente maravillosa?

Le respondí que no era nada maravillosa y que, además, me parecía que yo no era un hada. Era solo un vampiro.

Mamá estaba un poco decepcionada.

—Probablemente es porque estás cansada —dijo—. Seguro que mañana te sentirás de otra manera.

Fuimos a casa y desayuné con papá.

Estaba encantado de oír que yo era un vampiro.

—Lo sospeché desde el principio —dijo mientras sorbía su batido rojo.

Al acabar el desayuno, llegó la hora de dormir. Estaba tan cansada después del día en la escuela de hadas que se me olvidó hasta lavarme los dientes. Me acurruqué con Pinky bajo nuestra colcha de estrellas y me quedé dormida inmediatamente.

Cuando desperté era por la mañana y el sol entraba a raudales en el cuarto a través de la ventana de mi torrecilla.

—¡Venga, Pinky! —dije, echándole fuera de la cama con el dedo—. ¡Esta noche toca escuela de vampiros!

Me vestí y bajamos deslizándonos por la barandilla hasta la cocina.

Papá acababa de regresar de su vuelo nocturno. Bostezaba y parecía cansado. Mamá estaba ocupada recolectando manzanas del árbol de la cocina. Las iba convirtiendo en vasos de zumo con su varita.

Me senté a la mesa y empecé a untar mantequilla de cacahuete en mi tostada.

—¿Tienes ganas de ir a la escuela de vampiros esta noche? —preguntó papá con ilusión.

—¡Oh, sí! —respondí—. Creo que me gustará la escuela de vampiros.

Papá parecía contento. Bostezó y miró el reloj de pared.

—Pues entonces mejor que vuelvas a la cama después de desayunar —dijo—. Tienes que dormir todo el día para estar despejada y bien por la noche. ¡Igual que yo!

Lo miré fijamente.

—¡Si acabo de salir de la cama! —repuse con asombro—. ¡No estoy cansada!

—Pero estarás cansada en el colegio si no duermes hoy —dijo papá—. Venga, acábate la tostada y sube a tu cuarto a dormir.

Así que terminé mi tostada, pero muuuuy lentamente. Y después subí las escaleras de mi torre. Muuuuy lentamente. Y me volví a poner el pijama muuuuy lentamente, me senté en la cama y me

quedé mirando el sol que entraba por la
ventana.

¿Cómo iba yo a poder dormir ahora?

Hacía un día muy luminoso y los
pájaros cantaban con fuerza en la calle.
Los niños también estaban armando mucho

alboroto, de camino al colegio. Después de unos minutos, me levanté e intenté tapar la luz con mi colcha. No tuve mucho éxito.

—¡MAMÁÁÁ! —grité escaleras abajo.

Mamá vino corriendo.

—¿Qué pasa? —dijo.

—Hay demasiada luz —me quejé.

Mamá hizo aparecer por arte de magia un par de cortinas oscuras en mi ventana.

—Hay demasiado ruido —protesté—. Puedo oír los pájaros.

Mamá hizo aparecer un par de tapones de oídos.

—Tengo sed —dije.

Mamá se fue y me trajo un vaso de zumo de manzana.

—Creo que tengo que ir al baño.

—Pues entonces será mejor que vayas —suspiró mamá.

Cuando llegó la noche no había pegado ojo. Pero había bebido trece vasos de zumo de manzana e ido al baño incontables veces.

De pronto, me sentí muy cansada. Apenas podía mantener los ojos abiertos. Ni tampoco Pinky.

—Tenemos mucho sueño —le dije a papá—. Quizá deberíamos irnos a la cama.

—Tonterías —repuso papá—. ¡Has estado durmiendo todo el día! En cuanto veas lo emocionante que es la escuela de vampiros ¡no querrás irte a dormir!

Capítulo
TRES

ESCUELA DE VAMPIROS

Profesora: condesa Colmillo Oscuro.

Le gusta: la caligrafía retorcida, los murciélagos negros y el pelo brillante engominado hacia atrás.

22:00. Primera clase: volar en formación.

23:30. Recreo: batido rojo.

1:00. Segunda clase: adiestramiento de murciélagos

3:00. Comida: sopa de tomate con sándwiches de tomate y remolacha frita.

4:30. Tercera clase: cuidado personal.

7:00. Vuelta a casa.

La escuela de vampiros también estaba en una colina, pero sin flores ni forma de pastel rosa.

Era un castillo alto y negro con murciélagos revoloteando alrededor de sus torres y pináculos. Tras él, los rayos y los truenos estallaban en el cielo.

Pinky empezó a temblar, así que
le cogí la pata. Sabía que estaba un poco
asustado. No le gustan las tormentas.

—¿No es maravilloso? —exclamó
papá. Después abrió su capa y salió
volando por el cielo, aullando de alegría.

Mi profesora era la condesa Colmillo
Oscuro. Era altísima y tenía las uñas
afiladas y rojas.

—Buenas noches a todos —dijo—.
Hoy vamos a aprender a volar como

vampiros de verdad. ¡Vamos a PLANEAR
y a GIRAR, y a IR A TODA VELOCIDAD
cruzando la luna! Vamos a volar en
perfecta formación para hacer preciosas
figuras en el cielo. Empezaremos con
la figura de una flecha. Una buena flecha
puntiaguda.

«Guay», pensé. Yo ya sabía volar y,
además, tenía algo que no poseían los
demás niños vampiros: ¡alas! Sería fácil.

—¡Seguidme! —dijo la condesa
Colmillo Oscuro. Desplegó su capa y salió
disparada por el aire, veloz como un rayo.

Uno a uno los demás vampiros la
siguieron. PLANEAR, GIRAR, IR A
TODA VELOCIDAD.

Entonces llegó mi turno. Pero en cuanto me elevé en el aire vi que no estaba ni planeando ni girando ni yendo a toda velocidad. Estaba… aleteando.

Tap, tap, tap, hacían mis alas. No iban tan rápido como los demás, ni de lejos. Se movían más bien como… alas de hada. ¿Cómo no me había dado cuenta antes?

—¡Vamos, Isadora! —gritó la condesa Colmillo Oscuro—. ¡Te estás quedando atrás!

Aleteé con más fuerza, intentando seguir el ritmo de la clase. Podía ver al resto de vampiritos muy por delante de mí, dando vueltas alrededor de la luna, grande y brillante.

—¡FLECHA! —gritó con voz aguda la condesa Colmillo Oscuro.

Los demás vampiros se colocaron formando una flecha, dejando un hueco al final para mí.

—¡Vamos, Isadora! —me llamaron.

Aleteé lo más rápido que pude y por fin llegué a mi sitio, al final de la flecha. Empezaba a recuperar el aliento cuando la condesa Colmillo Oscuro dijo:

—Ahora… ¡SALID DISPARADOS!

De pronto, la formación de flecha se lanzó hacia delante y me quedé sola otra vez en medio del cielo.

Era agotador.

—¡Esperad! —grité, batiendo las alas lo más rápido que podía—. ¡Esperadme!

—¡PARAD TODOS! —chilló la condesa Colmillo Oscuro—. Tenemos que esperar a Isadora.

Los demás se detuvieron de inmediato en el cielo, manteniendo su perfecta formación en flecha. En sus cabezas relucientes no había ni un pelo fuera de lugar.

Continué aleteando, pero no estaba acostumbrada a volar tan rápido. ¡Ahora no podía parar! Me choqué contra el vampiro que había al final de la flecha, y mis alas se enredaron en su capa de tal manera que rodamos como una pelota y empezamos a caer en picado hacia el suelo.

77

—¡Ayuda! —grité
mientras dábamos
vueltas y vueltas, con
las estrellas pasando
veloces ante nuestros
ojos.

—¡EMERGENCIA!
—chilló la condesa Colmillo
Oscuro. Se recogió la capa y se lanzó hacia
nosotros. Afortunadamente, los vampiros
vuelan rapidísimo.

Me agarró del vestido justo antes de
que chocáramos contra la tierra.

—¡Por los pelos! —dijo mientras nos
colocaba de pie en el suelo—. Creo que ya
hemos volado suficiente por hoy.

Pinky se enjugó la frente con la pata, aliviado.

—Creo que volar no es tu mejor talento, Isadora —dijo la condesa Colmillo Oscuro.

Agaché la cabeza. A lo mejor era más hada que vampiro.

★ ★ ★

Después de la lección de vuelo llegó la hora de tomar algo. La condesa Colmillo Oscuro nos dio a cada uno un envase de zumo rojo.

—¡Qué rico! —dijeron todos los vampiritos.

—¡Qué asco! —dije yo—. ¡Es zumo de tomate!

—¡Pues claro que sí! —dijo la condesa Colmillo Oscuro—. Es lo que nos gusta beber a nosotros, los vampiros. ¡Está delicioso!

Miré a Pinky, y Pinky me miró a mí.

—Creo —susurré— que a lo mejor no soy un vampiro después de todo…

Entonces bostecé. Un gran
bostezo. Estaba muy cansada.

—¡Bueno! —dijo la condesa Colmillo
Oscuro—. Es la hora del adiestramiento
de murciélagos. ¡Seguidme!

Nos llevó a través de un pasillo
oscuro y sinuoso, hasta llegar a una gran
habitación donde había cientos, tal vez
miles de murciélagos enjaulados.

—Los murciélagos son mascotas
maravillosas para los vampiros —dijo la

condesa Colmillo Oscuro—. Son útiles especialmente para repartir el correo.

Hizo un gesto a su alrededor señalando a los murciélagos que aleteaban en sus jaulas.

—Podéis elegir uno para que sea vuestra mascota particular —dijo.

Eché un vistazo por la habitación. De pronto, me entusiasmé. Me ENCANTAN los murciélagos. En nuestro desván tenemos veintisiete. Me gustaba la idea de tener uno especial como mascota.

Miré dentro de las jaulas. Había murciélagos grandes y pequeños, delgaduchos, elegantes… ¿Cuál debía elegir?

Al final me decidí
por uno mediano, de pelo
suave y brillantes ojos negros.

—Lo llamaré Botón —le dije a
Pinky—. ¿No te parece bonito?

Pero por alguna razón Pinky no
parecía muy contento.

—¡Bueno! —dijo la condesa Colmillo
Oscuro—. La primera norma de
adiestramiento de murciélagos es no dejar
nunca que vuestro murciélago salga de la
jaula al aire libre o cuando la ventana esté
abierta. Si lo hacéis, podría irse volando.

Todos recorrimos la habitación con la
mirada para comprobar que las ventanas
de la torre estaban cerradas.

—Por supuesto —continuó la condesa Colmillo Oscuro—, una vez que vuestro murciélago esté completamente adiestrado, como el mío, nunca saldrá volando —sonrió vanidosa mientras acariciaba a su murciélago, que era enorme y tenía el pelo negro como la medianoche—. Ya podéis sacar a vuestro murciélago —dijo.

Abrí la puerta de la jaulita y Botón echó a volar.

—Bien —dijo la condesa Colmillo Oscuro—. ¡Empecemos! Lo primero que vamos a enseñar a nuestro murciélago es cómo hacer una pirueta en el aire.

Señaló a su propio murciélago e hizo un rizo con el dedo.

Inmediatamente el murciélago realizó una pirueta perfecta.

—Ahora intentadlo vosotros —dijo a la clase.

Señalé con el dedo a Botón e hice un movimiento circular. Botón se puso cabeza abajo en el aire.

—¡Casi! —dije con emoción—. Pinky, ¿has visto eso?

Pero Pinky no me oyó.

Estaba ocupado haciendo piruetas perfectas por el suelo.

Lo siguiente que vamos a hacer —dijo la condesa Colmillo Oscuro—

es enseñar a nuestra mascota a sentarse correctamente en nuestro hombro.

Chasqueó los dedos y al momento su murciélago fue volando a posarse en su hombro izquierdo.

Yo chasqueé los dedos hacia Botón.

Pero antes de que tuviera la oportunidad de hacer nada, Pinky vino saltando por el aire y aterrizó de golpe en mi hombro.

—¡Oye, Pinky! —le dije—. ¡Tienes que bajarte!

Pero Pinky no quería bajar. Se agarró a mi cuello con sus garras rosas y clavó

firmemente sus suaves patas traseras en mi clavícula.

—En serio —insistí—. Hazlo o vamos a tener problemas —lo aparté de mí y lo puse en el suelo.

Volví a prestar atención a Botón y chasqueé los dedos de nuevo.

—Vamos —le animé.

Pero Botón no parecía demasiado interesado en venir a sentarse en mi hombro. Estaba repentinamente fascinado con algo que había al otro lado de la habitación. ¿Qué era? Me giré para mirar y solté un grito ahogado.

¡La ventana de la torre! ¡Estaba abriéndose de par en par!

«¡Oh, NO!», pensé mientras el aire de pronto se llenaba del ruido de batir de alas.

Todas las mascotas murciélagos, incluido Botón, se precipitaron hacia la ventana abierta.

¡ZUUUM!, hicieron. *¡TAP, TAP, TAP! ¡FFFIUUU!* ¡LIBERTAD!

—¡ARGHHH! —chilló la condesa Colmillo Oscuro—. ¿QUIÉN HA ABIERTO LA VENTANA? —se recogió la capa y cruzó la habitación de un salto para cerrarla.

Pero era demasiado tarde.

Los murciélagos se habían ido.

Desvié la mirada hacia Pinky. Estaba merodeando junto a la ventana abierta, y parecía muy satisfecho consigo mismo.

—¡Isadora Moon! —exclamó la condesa Colmillo Oscuro—. ¡Ese conejo rosa tuyo es un ESTORBO! ¡Una MOLESTIA! ¡Y por lo tanto desde este instante le PROHÍBO la entrada a la escuela de vampiros!

—Pero… —repuse.

—Pero NADA —dijo la condesa Colmillo Oscuro—. Desde hoy, nunca JAMÁS se le permitirá volver.

A continuación se recogió la capa y salió zumbando de la habitación hacia el comedor.

Pinky no parecía nada arrepentido.

Después de comer (más comida roja: sándwiches de tomate, sopa de tomate y remolacha frita, *¡PUAJ!*), llegó la hora de la última clase del día: cuidado personal.

—Cuidar nuestro aspecto es MUY IMPORTANTE —dijo la condesa Colmillo Oscuro mientras entraba en la clase y repartía espejitos de plata, cepillos con púas y botes de pegajosa gomina para el pelo—. Los vampiros tienen que

ir acicalados lo mejor posible. Un pelo arreglado y brillante es extremadamente importante. Es la norma —continuó dándose palmaditas con orgullo en su cabello perfecto. Llevaba tanta gomina que, cuando lo tocó, sonó *toc, toc.*

Los demás vampiros empezaron a peinarse el cabello, ya de por sí arreglado y brillante, mientras sonreían.

Yo cogí el cepillo. La operación no iba a ser fácil. Mi pelo es bastante… salvaje.

Me puse el cepillo en la cabeza.

¡Un minuto después estaba enganchado!

—¡Condesa Colmillo Oscuro! —grité—. ¡El cepillo se ha enganchado en mi pelo!

La condesa se acercó con rapidez,
chasqueando la lengua ruidosamente en
señal de desaprobación. Tiró un poquito
del cepillo, pero este no se movió.

—Tu pelo está demasiado enredado
—se quejó. Tiró un poco más fuerte.

—¡Auuuu! —dije.

Y después, un poco más fuerte…

—¡AUUUU! —grité.

Al final, el cepillo salió.

Y también un buen mechón de pelo mío.

—Vamos a probar mejor con la gomina —dijo la condesa Colmillo Oscuro. Cogió una buena cantidad del bote y empezó a untarme con ella la cabeza.

—Con esto será suficiente —dijo.

Pero no era suficiente: mi pelo no bajaba. Miré en el espejito de mano y contemplé a la condesa intentando aplanarlo. Cada vez que intentaba poner un mechón en su sitio, este salía disparado hacia arriba.

¡Ping! ¡Ping! ¡PING!

—Hum… —dijo la condesa Colmillo Oscuro frunciendo el ceño—. Isadora, ¡tu pelo es muy SALVAJE!

Sonreí adormilada. No me importa que mi pelo sea salvaje. De hecho, me gusta bastante. Cerré los ojos mientras la condesa Colmillo Oscuro seguía cubriendo mi cabeza con montones de gel pegajoso. Resultaba muy relajante. Y yo tenía tanto sueño…

—¡LO DOMARÉ! —oí que decía
mientras empezaba a quedarme frita—.
¡LO HARÉ! Esto es inaceptable…

Y entonces, antes de darme cuenta,
me quedé completamente dormida.

Papá no estaba demasiado
emocionado cuando vino a recogerme al
final de la noche.

—¡No puedes quedarte dormida en la
escuela de vampiros, Isadora! —dijo.

—Ya lo sé —respondí con tristeza—.
A lo mejor no tengo nada de vampiro.

Papá parecía decepcionado.

—Espero que pienses de otra manera
después de echarte un buen sueñecito
—dijo con esperanza—. Vamos a casa.

Así que volvimos volando juntos a
casa y me fui directamente a la cama como
papá hace cada mañana.

Y dormí toda la mañana… ¡Y no me
desperté hasta las tres de la tarde!

Fue muy raro. Cuando me levanté, mamá me estaba esperando en la cocina. Me había hecho un sándwich. Sabía que lo había hecho con magia porque cada vez que lo mordía cambiaba el sabor. Primero era jamón, después mantequilla de cacahuete, después pepino, después…

—¡PUAJ! ¡Tomate! —grité.

A veces los métodos rápidos de mamá no son perfectos.

—¡Vaya! —dijo ella—. Lo siento. Todavía no me sale demasiado bien ese hechizo. Deja que lo intente otra vez.

—No te preocupes —dije—. Ya no tengo hambre.

—Bueno, ¿qué tal la escuela de vampiros? —preguntó mamá—. ¿Te gustó más que la escuela de hadas?

—No lo sé —respondí—. Sigo sin saber si soy más hada o más vampiro.

—Ah —dijo mamá—. Ya veo.

Cogí un puñado de cereales y me fui a pasear por el jardín con Pinky. A través de la verja, podíamos ver a los niños que volvían del colegio caminando por la acera. Algunos iban desaliñados y otros, en cambio, muy bien arreglados. Algunos eran ruidosos y otros silenciosos. Algunos altos y otros bajos. Algunos gordos y otros delgados. Y había algunos que no eran ni una cosa ni otra.

Y el caso es que… ¡a ninguno de ellos parecía importarle!

De pronto recordé lo que papá me había dicho sobre las estrellas del cielo. Cómo cada una es distinta, pero todas son bonitas, y pensé: «Quizá no importa si soy un poco diferente. Lo diferente también puede ser bonito».

Acerqué la cara más a la reja y uno de los chicos me vio. Tenía el pelo rubio, muchas pecas y una gran sonrisa. Dijo:

—¡Eh, tú! ¿Cómo te llamas?

No respondí porque, de pronto, sentí mucha timidez.

Pero el chico no se marchó. Vino hasta donde yo estaba y levantó la vista hacia mi casa.

—¡Qué casa más chula! —dijo. Después vio mis alas—: ¡Qué alas más chulas! —exclamó—. ¿Puedes volar de verdad con ellas?

Asentí y me levanté unos centímetros del suelo.

—¡Qué guay! —gritó el chico.

Otros niños empezaron a acercarse a donde estábamos.

—¡GUAU! —dijeron—. ¡Siempre hemos querido hablar contigo!

—¿En serio? —pregunté
sorprendida.

—¡Claro que sí! —respondió el
chico—. Pasamos delante de tu casa todos
los días de camino al colegio. Te veíamos
ahí arriba, en la ventana de esa torrecilla.

—Y además, ¡hemos visto a un
HADA! —dijo una niñita con coletas que
mordisqueaba muy entretenida un
sándwich de mantequilla de cacahuete—.
¡Un hada con el pelo rosa! Mis amigos
y yo siempre nos asomamos para
conseguir verla.

—Ah… Tan solo es mi mamá —dije.

—Algunos hemos visto un vampiro
—dijo el chico estremeciéndose—. Un
vampiro de los que dan miedo de verdad,
con capa negra y dientes afilados. A unos
niños de la clase les da tanto miedo que no
pasan por delante de tu casa, ¿sabes?
—infló el pecho—. ¡A mí no!

Me reí.

—Tan solo es mi papá —dije—.
¡No da nada de miedo!

—¿Así que hay hadas y vampiros
viviendo aquí de verdad? —preguntaron
los niños—. ¿En serio?

—¡Sí! —respondí—. ¡En serio! Y aquí
vive también un hada vampiro… ¡YO!

—¡Un hada vampiro! —repitieron los niños—. ¡Es todavía mejor!

—¡Ojalá yo fuera también un hada vampiro! —dijo una niña con horquillas de plástico rosa en su pelo rizado.

De pronto me sentí muy orgullosa de ser quien era.

—Me llamo Isadora —les dije.

—Qué nombre tan bonito —dijo la niña de pelo rizado—. Yo me

llamo Zoe y ella es Sashi —señaló a la de las coletas.

—Y yo soy Bruno —dijo el niño.

—¿Y a qué colegio vas? ¿Es un colegio especial para hadas vampiro?

—Pues… —empecé a decir—, yo…

Pero justo entonces oí que me llamaban desde casa.

—¡ISADOOOORA!

Era mamá, que quería que volviera
a entrar.

—Tengo que irme —le dije a los
niños—. ¡Pero ha sido genial conoceros!
A lo mejor podemos volver a charlar por la
verja otro día. ¡Puedo traer sándwiches
de mantequilla de cacahuete!

—¡Sí! —dijeron todos los niños—.
¡Vuelve, por favor! Podemos hacer un
pícnic. Y trae también a tu conejo rosa,
¡es muy gracioso!

—Los sándwiches de mantequilla de
cacahuete son mis favoritos —dijo Sashi.

—¡Y también los míos! —dije yo—.
Me gusta tomarlos con zumo de manzana.

—¡Suena muy rico! —dijo Bruno.

—¡ISADOOOORA! ¿Qué estás
haciendo? —me volvió a llamar mamá.

—¡Ahora sí que tengo que irme!
—dije.

Me despedí de los niños y corrí de
vuelta a casa con Pinky dando saltos
de alegría detrás de mí.

Mi carrera se convirtió en carrera
con saltos, y después con saltos y brincos.
No podía evitarlo. De pronto me sentía
tan feliz…

—Aquí estás —dijo mamá cuando
entré en casa.

—Ah, bien —bostezó papá.
Era todavía un poco pronto para que
estuviera despierto, así que llevaba sus
gafas de sol.

—Hemos decidido ver si puedes ir
a ambas escuelas a la vez —dijo mamá—.
¡Es la solución perfecta!

—Pero… —murmuré.

—Puedes ir a la escuela de hadas por
la mañana, volver a casa para echarte una

siesta rápida y después ir a la escuela
de vampiros por la noche —dijo.

—Pero… —repuse—. No quiero
hacer eso.

Mamá parecía sorprendida.

—¿Cómo que no? —dijo.

—He pensado en una solución mucho
mejor… ¡Quiero ir a un COLEGIO
NORMAL DE SERES HUMANOS!

Mamá y papá dieron un grito ahogado.

—¡Oh, no, no, NO! —exclamaron—.
¿Por qué cielos ibas a querer meterte ahí?
¡Tú eres un ser mágico! ¡Eres especial!
Tienes que ir a una escuela especial. A una
escuela de vampiros o a una escuela de hadas.

Negué con la cabeza.

—No —repuse—. Quiero ir a una escuela normal.

—¡Pero está llena de seres humanos! —dijo papá, sorprendido—. Los humanos son muy extraños. Apenas salen al aire libre. Se quedan sentados mirando cajas todo el día. Toman comida de color marrón y usan pantallas para hablar entre sí.

—¡Ni siquiera pueden volar! —añadió mamá.

—Pues acabo de hablar con algunos niños y eran muy simpáticos. Había uno que se llamaba Bruno, y otra que se llamaba Zoe, y otra…

—¡¿Has hablado con ellos?! —exclamó papá horrizado.

—Pero… pero… no son como tú
—dijo mamá—. Tú eres diferente.

—Ya lo sé —dije—. Pero ellos
también eran diferentes. Como las estrellas
que papá mira con su telescopio. Y no les
importaba que yo no fuera totalmente

vampiro o totalmente hada. De hecho,
les parecía interesante.

—Hum… —dijo papá—. Los humanos
son muy raros.

—A mí me gustan —dije—. Estoy
empezando a pensar que los que raritos
sois vosotros.

—¡Pero bueno…! —dijo mamá,
mientras daba unos toques con su varita
al manzano para que diera naranjas.

—¡Hay que ver! —dijo papá,
colocándose las gafas un poco más arriba
en la nariz.

—Sí —les dije—. Pero ¿sabéis una
cosa? Creo que es algo bueno. Si no, todo
sería muy aburrido.

Pinky asintió sabiamente a mi lado.

—Y por eso… —continué con firmeza—, he decidido que un colegio normal ¡es el sitio perfecto para mí!

—Hum… —dijo mamá, cogiendo una naranja del árbol.

—¿Seguro que no prefieres ir a la escuela de vampiros? —preguntó papá.

—Seguro —respondí.

—¿Y seguro que no prefieres ir a la escuela de hadas? —añadió mamá.

—¡Sí! —dije.

—Pues nada —concluyó papá—, quizá un colegio normal sea lo mejor para ti.

—Quizá sea el lugar perfecto —dijo mamá, abriendo los brazos para abrazarme.

Sonreí y Pinky se puso a dar saltos a mi lado.

—¡Sé que lo es! —les dije con alegría—. ¡Un colegio para seres humanos es el lugar perfecto para un hada vampiro como yo!

Harriet Muncaster

Harriet Muncaster: ¡esa soy yo!
Soy la escritora e ilustradora de
Isadora Moon. ¡Sí, en serio!
Me encanta todo lo pequeñito,
todo lo que tenga estrellas
y cualquier cosa que brille.

ISADORA MOON
va al colegio

Mitad vampiro, mitad hada, ¡totalmente única!
Harriet Muncaster

ISADORA MOON
va de excursión

Mitad vampiro, mitad hada, ¡totalmente única!
Harriet Muncaster

ISADORA MOON
celebra
su cumpleaños

Mitad vampiro, mitad hada, ¡totalmente única!
Harriet Muncaster

ISADORA MOON
va al ballet

Mitad vampiro, mitad hada, ¡totalmente única!
Harriet Muncaster

ISADORA MOON
se mete en un lío

Mitad vampiro, mitad hada, ¡totalmente única!
Harriet Muncaster

ISADORA MOON
en el castillo encantado

Mitad vampiro, mitad hada, ¡totalmente única!
Harriet Muncaster

ISADORA MOON
va al parque de atracciones

Mitad vampiro, mitad hada, ¡totalmente única!
Harriet Muncaster

ISADORA MOON
va a una fiesta
de pijamas

Mitad vampiro, mitad hada, ¡totalmente única!
Harriet Muncaster

ISADORA MOON
y las manualidades
mágicas

Mitad vampiro, mitad hada, ¡totalmente única!
Harriet Muncaster

ISADORA MOON

y los disfraces mágicos

Mitad vampiro, mitad hada, ¡totalmente única!
Harriet Muncaster

ISADORA MOON

y el hechizo mágico

Mitad vampiro, mitad hada, ¡totalmente única!
Harriet Muncaster

ISADORA MOON

y la noche mágica

Mitad vampiro, mitad hada, ¡totalmente única!
Harriet Muncaster

El diario secreto de
ISADORA MOON

Harriet Muncaster

ISADORA MOON

va de viaje

Mitad vampiro, mitad hada, ¡totalmente única!
Harriet Muncaster

Diversión y juegos con
ISADORA MOON

Mitad vampiro, mitad hada, ¡totalmente única!
Harriet Muncaster

ISADORA MOON

y la boda mágica

Mitad vampiro, mitad hada,
¡totalmente única!
Harriet Muncaster

¡Descubre un montón de historias mágicas que te encantarán!

¿Ya conoces las aventuras de Mirabella?

¡Descubre los secretos de las primas en un solo libro!